À l'Ombre

de mes Dieux

1240

Édition limitée à six cents exemplaires numérotés et tirés
sur papier vergé.


N° 

*Il a été tiré de cet ouvrage dix exemplaires de luxe, numérotés,
sur papier pur fil.*

# A L'OMBRE
## DE MES DIEUX

DU MÊME AUTEUR

Le Signe (*La Plume*. 1887-1897).

Les Cornes du Faune (*La Plume*. 1891).

Le Bocage (*La Plume*. 1895).

La Tour d'ivoire (*La Plume*. 1899).

Les Joyeusetés d'Aimé Passereau (*Le Sagittaire*. 1900).

La Couronne des Jours (*Mercure de France*. 1905).

Apothéose de Moréas (*Mercure de France*. 1910).

L'Assomption de Paul Verlaine (*Mercure de France*. 1912).

Les deux Allemagne (*Mercure de France*. 1914).

Les Bucoliques de Virgile, interprétées en vers français (*Garnier*. 1920).

La Mêlée symboliste, 3 volumes (*Renaissance du Livre*. 1918-1922).

Le Cinquantenaire de Baudelaire (*Maison du Livre*. 1917).

Charles Baudelaire, étude biographique et critique (*Garnier*. 1922).

Souvenirs de police (*Payot*. 1923).


*A PARAITRE*

Les Églogues de Calpurnius, interprétées en vers français.

# ERNEST RAYNAUD

# A L'OMBRE
# DE MES DIEUX

*POÈMES*

PARIS

LIBRAIRIE GARNIER FRÈRES

6, RUE DES SAINTS-PÈRES, 6

1924

# SONNETS

# LE GRILLON

*The Poetry of earth is never dead.*
JOHN KEATS.

Jamais ton bruit ne cesse, ô Sainte Poésie,
Et toujours sur la Terre habite ton frisson :
Quand la chaleur fait rage, au temps de la moisson,
Et qu'à l'ombre l'oiseau muet se réfugie.

Quand tout gît accablé sur la route éblouie,
La sauterelle, inépuisable en sa chanson
Gaillarde, mène la pompe de la saison,
Et, dans les prés fauchés, stride avec frénésie.

Poésie ! ici-bas, jamais ton bruit ne meurt,
Quand la neige des pas étouffe la rumeur,
Et que l'hiver étreint le chaume, à la veillée,

La voix du grillon chante et l'homme, au coin du feu,
Songe à la sauterelle et, somnolent un peu,
Revoit l'éclat de la campagne ensoleillée.

# DOCTRINE

## I

Sémélé roule aux vents, dissoute en cendre chaude,
Actéon court, planté d'un mortel andouiller,
Mais ni l'atroce aboi ni l'éclair meurtrier
N'ont pu décourager la Malice et la Fraude.

Autour des dieux cachés l'impie effronté rôde,
Sans voir qu'au néant sombre un viril or guerrier,
Ni qu'un souffle assassin d'Erythrée en maraude,
Fait au front du Génie expirer le laurier.

Puisse ma voix fléchir ta rigueur vengeresse,
Vieux Saturne ennemi, dieu noir, trouble-allégresse,
Toi ! par qui, sans souci du désespoir humain,

Ni d'étouffer en germe un Rédempteur possible,
L'Amour prête à la Mort son miel irrésistible,
Son chant de flûte et ses deux lèvres de carmin.


## II


A quoi bon, ô mortels, importuner les dieux,
Pour en surprendre au ciel l'énigme et le visage,
Puisqu'on peut les connaître ici-bas sans dommage
Ni sacrilège, rien qu'en dépliant les yeux ?


Regardez — l'ouvrier se connaît à l'ouvrage —
Naître et vivre la fleur ; écoutez, en tous lieux,
Ce que le flot murmure aux cailloux au rivage,
Et vous aurez la clé du mot mystérieux.


Sans vouloir attenter aux célestes demeures,
Moi, j'écoute, égrenant le chapelet des heures,
Le cantique alterné de l'aurore et du soir ;


Les dieux ont confié leur secret à la terre
Et jusque dans le moindre atôme de poussière,
Je les regarde vivre ainsi qu'en un miroir.

# ACCALMIE

La vie est là comme une mer ensoleillée..
Qui donc parlait de riche espoir évanoui ?
Il suffit d'un front pur éclaté dans ta nuit,
Pour recoudre à tes mains la guirlande effeuillée.


O miracle de la jeunesse épanouie !
De sa maille première à son anneau dernier,
Pour la suite des temps futurs à débrouiller,
Toute la chaîne humaine en palpite, éblouie.


Ainsi la Messagère ailée aux sept couleurs
Rompt l'orage et de son écharpe transparente,
Sérénant l'air calmé, sèche, en riant, ses pleurs.


Ainsi, quand, des flots noirs, l'Aube, en roue éclatante,
Surgit, tout frémit d'aise : ailes, rythmes, seins, fleurs ;
Le vin mûrit, le blé se dore et l'arbre chante !

# BAS-RELIEF

Sainte image à mes yeux qui soudain viens reluire,
Entre deux fûts de marbre et de lierre ombragés,
Tu redis l'Arcadie, harmonieux empire,
Où s'instruit à la flûte un peuple de bergers.

Tu me rends en éclat la fontaine où se mire
Narcisse et l'or qui ploie aux rameaux du verger,
Le rosier où la pluie en diamants expire,
Et la perle cueillie au rivage étranger.

Hercule ! ta massue ici reprend haleine,
Et ta main sacrifie, avec la coupe pleine,
A Bacchus, médecin de notre anxiété ;

Tandis que, conférant sa grâce unique aux choses,
Un blanc cygne immobile, enguirlandé de roses,
Sur les flots endormis, trône avec majesté.

# SIESTE


Tout flambe de soleil : la rose cramoisie,
Le sapin empesé dans sa fraise à godron,
Les platanes, gardiens vigilants du perron,
Et la vigne emperlée où mûrit l'ambroisie.


La plaine heureuse et riche ondule aux environs.
Le fleuve sinueux mire la poésie
Des lointains que l'Été brode à sa fantaisie,
Et l'air sonne d'un chœur joyeux de moucherons.


Chaque heure, surgissant de sa robe de gaze,
Occupe l'Empyrée et, d'une neuve extase,
Vêt, en se dénouant, l'immobile décor.


Je n'ai pas remué du lit d'herbe où je rêve
Que déjà le croissant de la lune se lève
Et c'est la Nuit, que crible une mitraille d'or.

# ORGUEIL

Je me suis énivré de la rose et du miel.
Je fûs, jadis, l'enfant rêveur dont la pensée,
Pareille au ruisseau pur, formé par l'eau du ciel,
Court, des mille reflets de l'heure nuancée ;

Mais la vie est venue y mélanger son fiel,
La ville a confisqué, de sa pluie amassée,
Le blanc rayon de lune où jouait Ariel,
Alors, j'ai fui la ville infâme et sa nausée.

Je me suis exilé dans l'Espace et le Temps
Et j'ai déverrouillé le Mystère, écoutant
L'écho des voix qui roule aux longs couloirs des âges ;

Et je garde, aujourd'hui, par orgueil, prisonniers,
Dans mon sang, le stérile éclat des mers sauvages
Et l'âpreté des vents qu'on respire aux glaciers.

# MÉLANCOLIE

Tandis que je contemple aux feux du Souvenir
Le fantôme dansant de mes jeunes années,
Un glas tinte et ton front continue à jaunir,
Automne, qui te mire au tain des eaux fanées !

Vous n'êtes plus qu'un songe, ô claires matinées,
Où j'écoutais chanter les voix de l'Avenir !
Tout se fond en brouillards mais je veux retenir
Votre image en dépit des Parques acharnées.

Un autre parle en maître et règne indifférent
Dans ce logis qu'ombrage un doux pampre odorant.
Son pas détruit ma trace inscrite sur le sable.

Il ne sait rien de moi ni de mon rêve aimé,
Ni, qu'en prenant ce livre oublié sur la table,
Il le rouvre à l'endroit où je l'avais fermé.

# TON VISAGE

Ainsi que l'arc-en-ciel, salutaire présage,
Vient rendre un souffle libre à l'espace opprimé,
Sur mes ans ténébreux, en proie au noir orage,
Opère ainsi la paix de ton visage aimé.

Le palais ressuscite au fond du paysage,
Le bassin mort retrouve un murmure animé,
Le chant du rossignol revit dans ton langage
Et des lilas d'Avril ton souffle est parfumé.

La volupté des nuits chaudes et langoureuses
Dort captive aux réseaux de tes boucles soyeuses ;
A ton épaule glisse un pli de vêtement,

Ta gorge en jaillit nue avec un feu d'aurore,
Un frisson s'en engendre et dit que vient d'éclore
A la mer une perle, un astre au firmament.

# LA SEINE

Loin des remous de la cohue et des bruits laids,
Je te regarde luire en ce jour de lumière,
O mon fleuve, ô ma Seine ! et glisser, d'une eau fière,
Dans une perspective ouverte de palais.

Chaque pont, arche souple, ébloui de reflets,
Clame un nom de victoire avec sa voix de pierre,
Tandis qu'une ombre drue, à la berge ouvrière,
Gazouille un vieux refrain rustique où je me plais.

Un renouveau d'espoirs se dénoue en volutes ;
Et, comme l'Age d'or sommeille au cœur des flûtes,
Tout un bonheur perdu respire en ce tableau.

Ici, Paris n'est plus que joie, azur, espace,
Et pour fleurir sa gloire, il y cueille avec grâce
Tous les frissons épars du feuillage et de l'eau.

# MASSILIA

O cité bondissante, ô sonore Phocée,
Où l'agile parler suit la course du sang,
Ta voix guerrière emplit le monde et l'on te sent
Hardie, à la façon d'une proue élancée !

Qui dira ton Prado d'une bouche exaucée,
L'ombrage hospitalier de tes platanes blancs,
Tes quais aventureux où chante l'Odyssée,
Et cette Cannebière aux éclats ruisselants ?

Aujourd'hui, pacifique et d'olives fleurie,
Tu rends grâce à Pallas dont la sage industrie
Prête à ton Caducée un vol impétueux.

Tu fais dans la lumière une rumeur d'abeille ;
La lyre à tes doigts sonne et c'est pourquoi je veux
Ajouter ce trophée à ta gloire, ô Marseille !

# A LA GLOIRE DE DIJON

Ton nom fait comme un bruit léger de carillon.
L'archet, de voûte en voûte, emplit la brasserie,
Pour gage de ta foi, la servante attendrie
Porte en relique un nœud d'Alsace à son chignon.

Un souvenir doré loge à chaque pignon,
Et couronnant la place arquée, à galerie,
L'ancien palais ducal, où tout est symétrie,
Chante un air vieille France adorable, ô Dijon !

Tu réjouis les vents d'un fumet délectable,
Aussi ferme aux combats qu'on te voit ferme à table,
La croix qui te décore atteste ta valeur ;

Mais je tiens préférable à tant de friandise,
La rose qui te sacre et qui t'idéalise,
Tout miel et parfumée, image de ton cœur.

# LES CLOCHES

Carillons du dimanche en branle sur la ville,
Que vous me submergez de mille émois soudains !
Tandis que je m'effrite en ce Paris fébrile,
Vous êtes ma province et mes jeunes matins !

Vous dites la terrasse au bord de l'eau tranquille,
L'horizon des labours aux fins clochers lointains,
La route ensoleillée où le chaume rutile,
Et la vie humble assise à l'ombre des jardins.

Vous dites la ruelle aux logis séculaires
Et ce que les Aïeux ont scellé dans leurs pierres
De Foi persévérante et d'utiles vertus.

O cloches ! qui sonnez du fond de mon enfance,
Un monde tremble en vous de joie et d'espérance
Et vous me rapportez tous mes bonheurs perdus.

# LE RETOUR DU COMBATTANT

L'âpre ennemi féroce a mordu la poussière.
Le vainqueur se redresse et, beau de majesté,
Après avoir lavé sa plaie à la rivière,
Redescend au village où son père est resté.

Qu'on l'acclame ! Et toi, vierge ! au seuil de la chaumière,
Reçois le fiancé, joyeux du casque ôté.
Qu'à sa vue, aujourd'hui, le foyer récupère
Ce qu'il avait perdu de joie et de santé.

C'est lui ! C'est le courage heureux ! Sa foi tenace,
Comme autrefois Orphée, écartant la menace,
A triomphé du Styx et revient des Enfers.

Bois sa bouche crispée encore de l'orage
Mais n'interroge pas ses yeux, gouffres déserts,
Où la Mort, en fuyant, a laissé son image.

Novembre 1918.

# POÈMES

# LA NAISSANCE DE VÉNUS

Tu, dea, tu rerum naturam sola gubernas.<br>
LUCRÈCE.

Tout est bleu, tout miroite. Un souriant vertige
Sort de ce ciel si clair au coloris si pur,
Mais Vénus — ô mes vers, célébrez ce prodige ! —
S'avance suspendue entre le double azur.

La déesse est couchée au bord de sa coquille.
Le jour serpente et glisse à son torse onduleux ;
Sous son bras replié son œil embusqué brille ;
Et l'éclat de midi compose ses cheveux.

La nacre et le corail et les perles vermeilles
Qui respirent sur elle en multiples lueurs,
Racontent la féerie abondante en merveilles
De l'onde sous-marine aux riches profondeurs.

Son écharpe éployée en météore flotte ;
Tout le peuple écaillé d'Amphitrite la suit ;
Un couple de ramiers lui tient lieu de pilote ;
Votre conque, ô Tritons, l'environne de bruit !

Le mystère des soirs, l'allégresse des choses,
La pompe de l'été, sur ses lèvres se joint,
Et cette explosion de flammes et de roses
Rompt la ténèbre accrue et la disperse au loin.

Tout en prend un regain de vie et de jeunesse,
L'air en tire en passant de tels sucs enivrants
Que, sur son grabat nu, le pauvre entre en liesse,
Et qu'un sursaut d'espoir redresse les mourants.

# CARPE DIEM

O mon corps, je te sens ! tu vis ! ta verte audace
Maîtrise, en se jouant, les éléments divers,
Et, d'un coup d'œil rapide enveloppant l'espace,
Ta neuve convoitise aspire l'Univers.

Ton ombre se projette et danse à la lumière,
La rue en mouvement palpite à tes côtés,
Les échos de la joie éparse sur la terre,
A tes centres nerveux tonnent répercutés.

Tu traverses la ville allumée et sonore,
Comme un dormeur traverse un rêve éblouissant.
Le carrefour féerique, où le brouillard se dore,
A ta veine étourdie en ivresse descend.

Le cri des camelots, la chaussée et sa charge
Trépidante d'autos, de chevaux, de timons,
S'engouffrant jusqu'à toi, comme un souffle du large,
Te cinglent l'âme et te dilatent les poumons.

Tout semble correspondre à tes moindres caprices ;
Les cafés te font signe et disent « Viens t'asseoir ! »
Et tu regardes luire, au pied des édifices,
La foule convoquée à la fête du soir.

Les magasins, avec leur coupole de rêve,
Allongent leur richesse au niveau de ta main,
Et tu reçois des yeux, dans leur rencontre brève,
Une étincelle où tient tout le bonheur humain.

Mais tandis que je glisse à ta suite, docile,
Sur une mer unie, ébloui de splendeur,
Je songe que ton règne éphémère est fragile,
Et qu'il faudra te suivre aussi dans la douleur ;

Je songe au jour marqué que nul ne peut remettre,
Où les dieux de la joie exigent la rançon,
Où l'ombre fatidique aveuglant ta fenêtre,
Ton palais dévasté deviendra ma prison ;

Je songe avec angoisse à la vitre assombrie
Où tous les instruments de chirurgie ont l'air,
Tant ils luisent, de fins joyaux d'orfèvrerie
Impatients de mordre et d'entrer dans la chair ;

Je songe aux cœurs blessés, au douloureux murmure
Qui monte, à l'hôpital, des lits multipliés,
Tandis qu'aux murs, témoin de la détresse obscure,
Règne, impuissante image, un dieu crucifié.

Je sais qu'il est des coups de telle violence
Et des convulsions si fortes sur les draps,
Que la Mort apparaît comme une délivrance
Et que l'homme s'y fraie un chemin de son bras.

Mais qu'importe après tout ? puisque l'émoi de l'heure
Nous fait participer du divin tremblement,
O mon âme, oublions que sa magie est leurre,
Et rendons grâce au Ciel qui nous vaut ce moment.

## DEMAIN


Quand la pelle aura fait sur nous son bruit de terre
O mon corps passager ! sur notre souvenir
Lorsque l'indifférence aura scellé la pierre,
De l'esprit qui nous meut que doit-il advenir ?

Quel nouveau jour va poindre ? O miracle sensible !
Comme la tige sort du noyau qui se rompt,
Notre Rêve, à travers l'Espace indestructible,
Va-t-il croître, sauvé du désastre du front ?

Verrons-nous, à mesure, une vigueur nouvelle
Redresser notre image en un monde plus beau ?
Poursuivrons-nous ailleurs notre route immortelle,
Ou si tout sera dit par les vers du tombeau ?

Ne restera-t-il rien de cet élan tenace,
De ce feu violent qui nous dévore au cœur,
De tant de fantaisie et de tout ce qui passe
En nous d'enthousiasme et de sainte ferveur ?

Je m'attache, ô mon âme ! à l'espoir de survivre
Dans ces vers agités de nos propres remous,
Mais si la Mort éteint jusqu'aux pages du Livre
Qu'il sonne encore au monde un vague écho de nous !

Soyons les mots confus que chuchote la brise ;
Le froissement des eaux ; ce qu'écoute en rêvant
Sur la terrasse en fleurs la jeune femme exquise
Que son beau lévrier fidèle va suivant !

Soyons l'étroit scrupule et l'humeur inquiète
De la vierge qui s'ouvre aux choses de l'Amour ;
Soyons ce que médite, en rentrant, le poète
A travers la prairie, au déclin d'un beau jour !

Soyons ce qui fleurit au cercle de la lampe
D'intimité sacrée, et soyons le refrain
Du pays, où le cœur du soldat se retrempe,
Et qui rend, en exil, son village au marin.

Consentons même à n'être, ô Muses immortelles !
A l'heure où le tumulte emplit le cabaret,
Que l'appétit de l'homme à travers les ruelles
Ivres, et l'aliment de son désir secret.

# LES ARBRES

## I

Chaque fois que je vous retrouve à ma fenêtre,
Arbres parisiens, nourris d'un sol impur,
Je vous salue avec tout l'élan de mon être,
Vous qui parlez d'espace et de joie et d'azur
A ce cœur, comme vous, nostalgique et champêtre,
Et que la ville noire étrangle dans ses murs.

Vous m'évoquez, parmi la campagne infinie,
Vos frères villageois bourgeonnant aux vergers,
Quand le printemps va naître, ou ruisselants de pluie,
Ou claironnant l'Été sur la route éblouie,
Ou, quand la Chienne aboie au ciel de la prairie,
Rassasiés de flamme et d'orage chargés.

Et vous leur ressemblez quand l'Automne mystique
Les fait choir, feuille à feuille, au versant des talus ;
Quand, sur eux, passe, aux fins de jour mélancolique,
La bénédiction d'un suprême Angelus ;
Soit quand l'hiver blafard, noyé de brume, applique
Sur le rouge horizon leurs grands squelettes nus.


## II


Arbres, si j'entreprends de chanter vos louanges,
Que je retienne un peu du bruit de vos concerts !
Mettez, aérien orchestre aux voix étranges,
Tout votre emportement lyrique dans mes vers
Pour que, vivifiés, comme au soir des vendanges,
L'ivresse de Cybèle y respire à travers !

Parfois, un brusque éclair vous frappe et vous bouscule,
Vous êtes, comme l'Homme, en proie aux éléments.
Je sais vos gestes fous déchaînés par les vents,
Et vos torpeurs et vos tragiques crépuscules,
Et ce que votre feuille aux riches vestibules,
Met d'extase bleuâtre et de souffles fervents.

Vous formez des châteaux la pompeuse avenue,
Où l'Histoire fulgure en poussière, au lointain ;
Toujours sonne à votre ombre une flûte ingénue,
Et l'Idylle y soupire en robe de satin.
C'est le nom de Watteau que clame, sous la nue,
Des jets d'eau balancés le murmure argentin.


OVIDE, redis-nous comment vit sous l'écorce
Et se métamorphose un long peuple d'amants,
Dis-nous comment la branche emprisonne un beau torse.
Est-il poète, au sein des éblouissements
De l'Été, s'il étreint une tige avec force,
Qui n'ait parfois d'un cœur senti les battements ?


### III


Je songe au pommier d'Ève, à Dodone, à son chêne,
A celui qui rendait la justice à Vincennes,
Au palmier de Moïse exposé sur les eaux,
Au lys de Salomon dont l'Écriture est pleine,
A ce pin que Ronsard plante en l'honneur d'Hélène,
A ce hêtre où Tityre essaye ses roseaux.

Chaque arbre a ses humeurs. Tous ont leur préférence.
Le val, d'où se dégage un brouillard au matin,
Voit croître le troène et le tremble incertain ;
Le saule d'un lac pur aime la transparence,
Le cyprès les tombeaux, l'olivier la Provence,
Et c'est aux lieux tonnants que trône le sapin.

Je vous aime, tilleuls à l'ombrageuse voûte,
Je vous aime, îlots frais, que les platanes font
En Été, sur la place, où l'eau chante, à Toulon,
Et je vous aime aussi, peupliers sur la route
Où court la diligence et qui tressaille toute,
En Flandre, aux claquements de fouet du Postillon !


IV


Ma nourrice en filant me contait vos histoires,
Bois profonds ! vos trésors surveillés d'un dragon,
Vos carrefours sonnant du bruit des chasses noires,
L'étang couleur de perle où l'Elfe danse en rond ;
Vos détrousseurs armés de pistolets d'ivoire,
Mes nuits d'extase rouge en gardaient un frisson.

Ah ! comme vous berciez ma jeune âme recluse !
Vous me jetiez votre ombre aux murs de l'hôpital ;
En classe, importuné des rumeurs de l'écluse,
Mes yeux d'enfant, déjà possédé de son mal,
Vous réclamaient sans cesse à la vitre diffuse,
Et fuyaient avec vous au long du vert canal.

Vous étiez le plaisir de mes libres dimanches
Quand j'épiais de mon lit d'herbe, émerveillé,
L'éternelle féerie éclose sous les branches.
Tandis que j'écoutais l'oiseau bleu gazouiller,
Cendrillon, au galop de six cavales blanches,
Passait, au loin, dans son carrosse armorié.

Les contes de Perrault se mêlaient dans ma tête
Aux récits merveilleux de Madame d'Aulnoy ;
Un songe magnifique occupait ma retraite
Et quand le crépuscule implacable ou la voix
De ma mère surgie interrompait la fête,
Je sentais comme un grand vide se faire en moi.

Plus tard, à la caserne, où se nouait ma chaîne,
Excédé des fracas du cuivre et du tambour,
Je vous voyais fleurir aux vergers d'alentour

Et votre seule image adoucissait ma peine,
Vous qui favorisez, d'une odorante haleine,
La Province endormie à l'ombre de ses tours.

Et comme en vous plongeait ma lassitude immense,
Les lourdes nuits d'Été défaillant de chaleur !
Vous étiez les témoins de mon impatience
Quand du fond de mon Être, implorant le bonheur,
Je croyais — dès qu'un pas sonnait dans le silence —
Le reconnaître aux coups déréglés de mon cœur.


V


Vous savez de quel feu j'ai votre gloire inscrite,
Vous qui portez la manne et l'encens et le miel,
Et célébré vos noms divers, selon le rite,
Depuis le cèdre énorme au flot torrentiel,
Jusqu'à la minuscule et frêle clématite
Qui semble un bijou vert découpé sur le ciel.

Que j'ai pleuré de fois à votre ombre, ô charmilles !
Lorsque le rossignol déchirait l'air de trilles,
Exaspérant du soir les songes parfumés !

En banlieue, où la nuit plus librement pétille,
Souvent ma rêverie a surpris sous les grilles,
Vos mystères, gardiens des vieux logis fermés.

Arbres chers, quand la lune argente le village,
A l'heure où le silence installé règne au loin
Et qu'un reflet glacé vous prête le visage
De veilleurs, dans la plaine, armés, la lance au poing,
Mon oreille attentive entend votre langage
Et ma mélancolie à la vôtre se joint.

Votre vertu s'emploie à n'offenser personne,
Sensible et résigné, j'écoute vos raisons ;
Votre gent libérale à qui passe abandonne
Vos sucs, vos fleurs, vos fruits, vos parfums, vos tisons,
Et les joyaux mêlés de votre ample couronne,
Tout à tour, selon l'ordre arrêté des saisons.

Vos rameaux repliés, confidents de la terre,
Savent le mot que cherche en vain l'homme impuissant.
J'y vois paraître au jour un peu du noir mystère.
Tant de sérénité pacifique en descend
Que la détresse humaine y prend lieu de se taire,
Et que s'éteint l'orage allumé dans mon sang.

Vous êtes l'Évangile où je m'applique à lire.
J'écoute au fond des bois votre oracle jeté ;
A qui vous considère, en votre obscurité,
Il semble à chaque instant qu'une étoile va luire,
Et l'âme suspendue attend que se déchire
Le voile impénétrable où gît la vérité.

Vous rappelez aux cœurs assoiffés d'aventure,
Que l'ornement du monde en couvre l'imposture,
Le Sage, comme vous, sans changer d'horizon,
S'éblouit du désir où tout se transfigure,
Et voit de l'univers, qu'il recrée à mesure,
Glisser l'image en rêve aux murs de sa prison.


# VI


Forêts, pleines de nuit, de rêve et de silence,
Enseignez-moi la plus utile des vertus,
Mais la plus difficile aussi : la Patience.
Quand vous m'ôtez du bruit des gens, je ne sens plus
Mes émois insurgés me faire violence
Et j'épouse la paix des âges révolus.

C'est tout le sang détruit qui remonte à vos faîtes
Et bouillonne et reprend pour de nouvelles fêtes
Possession du monde en verdoyants transports ;
Et c'est pourquoi je trouve aux rumeurs que vous faites
Plus de jour qu'il n'en sort de la voix des prophètes,
Arbres puissants levés de la cendre des morts !


## VII


Maudit qui porte en vous la hache et la cognée
Si la seule avarice a dirigé son bras ;
Que la dent d'un reptile ou l'ortie acharnée,
Lie un cri de douleur à chacun de ses pas,
Et qu'au chantier sinistre où sa vie est bornée,
Il roule, enseveli vivant sous les plâtras !


Confessant à ce coup, pris d'un remords utile,
Son geste sacrilège et qu'il est odieux
De déchaîner l'orgie effroyable des villes
A la place où vos bras s'appuyaient sur les cieux,
O grands bois nourriciers, sanctuaires, asiles,
Temple auguste où se prend la vision de Dieu !

# LE CORPS HUMAIN




Puisque, de son exil injuste revenu,
Le corps peut se produire au jour exempt de blâme,
Ne rougis plus, jeune homme, accepte d'être nu,
Et descends dans le stade ouvert qui te réclame.


Va conquérir le prix du disque glorieux,
O fils favorisé de la Sainte Nature,
Et, libéral comme elle, atteste à tous les yeux,
La part de Ciel qui loge en l'humaine structure.


Et vous, qu'un dogme absurde attelle à son tourment,
Cerveaux, en qui s'obstine un préjugé tenace,
Libérez-vous d'un millénaire aveuglement
Et venez contempler la Créature en face !

Affrontez le prodige inouï de la Chair
Vivante, autre soleil à la flamme éblouie.
Voici le front hardi, les yeux chargés d'éclairs,
La bouche armée et la narine inassouvie.

Voyez l'air de défi qui sort du cou fumant,
Les remous écumeux de la crinière noire,
La souplesse du torse et le rayonnement
De la poitrine au double entablement d'ivoire.

Voyez les bras noueux, formidables étaux,
Faits pour étreindre ou pour agir dans la mêlée,
Et la cuisse exercée à dompter les chevaux,
Et les genoux par qui la Terre est ébranlée.

Admirez le relief et les câbles d'airain
De l'épaule où l'Éther appuie et tord ses ondes,
L'impulsion ailée et le branle sans fin
Des pieds, électrisés d'une ardeur vagabonde.

Les mots ne comptent plus. Je chante en liberté.
Voici le flanc, réplique exacte de la lyre,
Où, réservoir de Force et clé d'Éternité,
Le Pouce créateur établit son Empire !

Tout l'ensemble frémit d'un noble emportement ;
On dirait d'un navire enflammé d'énergie,
Lancé pour conquérir un nouveau Firmament,
Toutes voiles dehors, sur la mer élargie !


O chef-d'œuvre éclatant devant qui tout s'éteint,
Que pèse à ton regard tout ce que l'on renomme
De trésors, de joyaux, de villes, de jardins,
Que pèse un Astre même au prix du corps de l'Homme ?


Et toi, prends conscience ici de ta Beauté,
Jeune homme, et de ton or reste ébloui toi-même,
Mais que ce soit, pour mieux féru de volonté,
L'accroître et le conduire à son éclat suprême !


N'écoute pas le sot privé de jugement
Ni l'être timoré qu'un scrupule imbécile
Pousse à dire : « L'Esprit importe seulement ! »
L'esprit sain ne fleurit que d'une saine argile.


Cultive ta paroi comme on fait d'un verger,
Que l'herbe parasite y soit anéantie,
Afin qu'à flot multiple on voie un jour ployer
De fruits miraculeux ta branche appesantie.

Pour mieux dire, imagine un vase de cristal
Qui frémit au toucher d'une voix nette et pure,
Mais qui demande un soin constant et virginal,
Tant il s'enroue à la première égratignure.

Choisis dans le Musée un marbre consacré,
Que ta chair malléable en reçoive l'image.
Nourris-en ta ferveur et, degré par degré,
Cherche à lui ressembler chaque jour davantage.

Le trait rectifié fait naître une vertu,
La raison s'ennoblit d'une ligne épurée,
Ce que le muscle obtient d'un labeur assidu
Se reflète dans l'âme en puissance éthérée.

Ton corps est un dépôt que tu reçus des dieux,
Tu le dois à ta race, à ta patrie, au monde ;
Y laisser s'implanter le Mal insidieux,
C'est détruire l'espoir où l'avenir se fonde.

Les générations qui dorment dans ton sang,
Et qui, sous ton écorce, y méditent leur course,
Crains d'en rendre à jamais le mérite impuissant
Et d'en empoisonner le fleuve dans sa source.

Si quelque plaie envenimée un jour t'époint,
Si ta lâcheté cède au vice inextricable,
Étouffe ta semence et ne tolère point
Que par toi s'éternise une angoisse incurable,

Mais si, mieux pénétré de ton auguste fin,
Tu maintiens ton argile en nette résonnance,
O jeune homme, tu te fondras dans le divin
Et l'univers purgé sera ta récompense !

# LA VIEILLE ÉGLISE

La vieille et pauvre église, aïeule du village,
Avec sa tuile, où siège un tourillon carré,
N'est plus que le vestige affligé d'un autre âge.
L'herbe pousse autour d'elle et le feuillage ombré.

Nul ornement ne vêt sa pierre extérieure,
Sauf l'ortie enroulée à son portail étroit,
Et deux alcôves d'angle où, fixée à demeure,
Une image sacrée et rustique se voit.

Ici, patron du lieu, Saint Pierre, ami du chaume,
Élève d'une main les clés du paradis ;
Là, c'est Marie avec Jésus, de qui la paume
Tenait jadis un globe orné du crucifix,

La Vierge au front penché continue à sourire,
Sans voir que tout s'effrite à ses pieds mutilés,
Tant l'heure est autour d'elle acharnée à détruire,
Jésus pleure son globe et Saint Pierre ses clés.

Le village est désert. La guerre a pris les hommes,
L'usine a pris la femme aux villes de brouillards,
Le verger voit pourrir sa récolte de pommes,
Et les coutres rouillés, partout, gisent épars.

L'église s'en désole et, ni la double file
Des ormes ni le plant des marronniers en fleur,
Qui lui forment un riche et joyeux péristyle,
Ne peuvent l'affranchir du poids de sa douleur.

Pris de pitié, j'ouvris sa porte maternelle ;
Tout le passé flottait en nuage odorant,
Je me sentis renaître une âme de fidèle,
Et je me suis signé de la droite en entrant.

L'écho, longtemps muet, surpris de ma présence,
M'accueillit d'un murmure et les vieux bancs noircis
M'imploraient, excédés de nuit et de silence,
J'abordai leur travée obscure et je m'assis.

Les murs nus m'écrasaient de leur face assombrie
Mais, soudain, le soleil, en pleine nuit du chœur,
Allumant le vitrail de fine orfèvrerie
En fit étinceler les trèfles de couleur.


Là, dans un tournoiement d'apothéose orine,
Et l'envol éperdu de blanches visions,
Un dieu, pour nous l'offrir, tirait de sa poitrine
Un cœur sanglant, gemmé de flamme et de rayons.


Et tandis, qu'éblouie à ce feu de verrière,
Ma lèvre allait céder au feu qui la brûlait
Et retrouver les mots d'une ancienne prière,
J'entendis — ô stupeur ! — l'église qui parlait.


« J'ai trop vécu, disait sa plaintive homélie ;
« Ah ! que ne suis-je morte avant ce jour fatal
« Où le monde, repris de sa vieille folie
« Homicide a rouvert les écluses du mal !


« C'est en vain qu'Avril chante et que l'arbre s'éploie,
« Que me veut cet azur et ce soleil levant ?
« La guerre déchaînée abolit toute joie,
« Ce n'est qu'aigreur et fiel que je respire au vent,

« J'étais venue au monde apporter l'Évangile
« De concorde et de paix, et d'un souffle éperdu,
« Criais « Que l'Amour règne et que tout soit asile ! »
« Et la voix du Canon seule m'a répondu.

« Voici les temps qu'avait prédits l'Apocalypse ;
« L'écume soulevée a submergé la Tour ;
« La Réalité saigne et sombre aux nuits d'éclipse ;
« Au cœur de l'homme élu la bête a fait retour.

« Le monde est plein de cris, de tumulte et de râles,
« Le sang, le sang ! jaillit à flots continuels,
« Je vois fondre aux brasiers les tours des cathédrales
« Et les frères s'occire au pied de mes autels.

« O Saints du ciel ! pardonnez-moi si je blasphème,
« Sentez la vérité des pleurs que je répands,
« L'univers est frappé d'un nouvel anathème,
« Non ! la Vierge n'a pas écrasé le serpent !

« Satan triomphe. Il porte un blason d'Allemagne,
« Il secoue avec lui son armure de fer,
« Tout ce qui rampe et souille et pille l'accompagne,
« Et tout ce que de crime a revomi l'enfer.

« Qui me rendra la paix des saisons et les granges
« Et les essieux pliant sous la charge des blés,
« Et les soirs où l'Aïeul, aux fêtes des vendanges,
« Ouvrait le bal aux yeux de ses fils rassemblés.


« Qui me rendra la sainte ivresse des dimanches
« Mêlés de lilas, d'orgue et de frais carillons,
« Mes doux mois de Marie aux longues files blanches,
« Et le faste effeuillé de mes processions ?


« En Été, les refrains volaient autour des tables,
« Un fleuve y ruisselait de miel et de vin bleu,
« Et la fécondité du sol et des étables
« Montrait visible à tous le doigt béni de Dieu.


« J'avais connu des jours de doute et de souffrance,
« Mais je croyais à la Victoire de l'Amour
« Et, qu'à force d'adresse et de persévérance,
« La haine finirait par se réduire un jour.


« Je rêvais les fureurs du sabre exterminées
« Et, sa coupe levée à l'ombre des bosquets,
« Sur la cendre des camps aux rages forcenées,
« L'allégresse publique installant ses banquets ;

« C'est l'âge d'or qu'au bout des temps je voyais luire,
« L'étreinte universelle et le bonheur humain,
« La foule à mes leçons refusant de s'instruire
« S'est d'un Éden possible interdit le chemin.

« L'agneau s'offrait. Nul n'a voulu du sacrifice.
« A son vomissement le monde est retourné ;
« Il se rue au mensonge, au meurtre, à l'injustice,
« Une nouvelle fois, le crime est consommé,

« Qui parle encore ici de Salente promise ?
« Nous n'atteindrons jamais au ciel : il est trop loin ! »
Ainsi se désolait la pauvre et vieille église,
Tandis que l'ombre accrue envahissait les coins.

J'écoutais, prosterné, mais la voix s'était tue,
Et, seul, un long sanglot disait son désespoir ;
Quand je me relevai, la nuit était venue
Et le vitrail éteint n'était plus qu'un trou noir.

Eglise de Dracé. Août 1917.

# NOCTURNE

## I

La nuit se fait aux étalages de lumière,
Le vide a reconquis la rue aux murs dormants,
La chaussée, avec ses monticules de terre,
Par endroits éventrée, imite un cimetière,
Où bâille une tranchée avide d'ossements.

Le ciel livide amasse un ouragan de pluie ;
Les becs de gaz, plus espacés, vacillent lourds ;
Par tous les soupiraux de sa masse équarrie,
La caserne dégage un relent d'écurie ;
Le dôme éteint préside au somme épais des cours.

Les platanes rouillés fléchissent. L'avenue
Épouse la laideur triste de ses maisons.
Dernier foyer vivant de la ville abattue,
Plein de scorie humaine, à l'angle de la rue,
Un bouge asphyxiant secrète ses poisons.


Comme le crime obsède une âme criminelle,
Comme un phare s'obstine à déclancher son jour,
Un fantôme revient sans cesse au carrefour,
Veilleur halluciné, tragique sentinelle,
On le voit naître et disparaître tour à tour.


La nuit se fait. La ville est rendue au silence,
Mais le silence est plein de chuchotements noirs.
Un sourire embusqué vous aspire aux couloirs,
Et, d'un rouge mystère attestant la présence,
De poignantes lueurs traversent les trottoirs.


Autour de la caserne au relent chaud de grange
La Prostitution dresse son gîte impur
Et le passant s'émeut lorsque furtif, au mur,
S'entrebâille sur lui, pour une invite étrange,
Un volet, que jamais n'a visité l'Azur.

## II


Luxure ! âme des nuits des capitales (lie
Où l'Homme entassé vit, rongé de noirs ferments)
Ta déplorable erreur couve et se multiplie.
Tous tes émois cachés, ta secrète-folie
Se respirent, dans l'ombre, au long des monuments !


Luxure ! où retentit le tumulte des âges,
Éclair libérateur des cerveaux orageux,
Comme un appât sournois, tu dresses tes mirages ;
Ta hantise prête une auréole aux visages
Et fait chanter une Sirène dans les yeux !


Tu réveilles d'un goût de proie et d'aventures
Le primitif sauvage enfermé dans nos cœurs ;
Ce que ta convoitise allume de splendeurs
Jette un voile enflammé sur ta morne imposture,
Et tu prends l'âme aux rets de tes songes menteurs !

Que me veux-tu ? Pourquoi d'un accès de tempête
Viens-tu forcer ma quiétude et l'étourdir ?
Ce que tu nous promets, tu ne le peux tenir !
Laisse-moi regagner ma paisible retraite
Où, sur un livre ami, ma lampe veut fleurir.


## III

J'ai vu, cieux pardonnez ! ta face décevante,
Ta face véritable aux traits décomposés ;
J'ai surpris, sous les fleurs, ta détresse béante
Et démasqué — j'en tremble encore d'épouvante —
Le reptile assassin qui loge en tes baisers !

C'était, dans la banlieue où sonnait l'orgie âcre
Et le bruit aviné de rixe des rouliers ;
Sur la berge déserte, aux sinistres piliers,
Tandis que j'écoutais, ta fureur de massacre,
Saoûle enfin, laissa choir son aveu meurtrier.

Et depuis je t'exècre, ô bouche sanguinaire,
Insatiable, ô pourvoyeuse de la Mort,
Blessure envenimée ouverte au flanc des forts,

Quand donc cesseras-tu de nous faire la guerre,
Toi qui prends vie et nourriture de nos corps ?

Tu vas broyant partout la foule exaspérée
Et ton trophée est fait des vieux mondes détruits,
Mais de ceux que ta main retaille au fond des nuits,
Chaque nouvelle ébauche avorte, raturée,
Et rien n'éclate aux yeux du vœu que tu poursuis.

Dévorant le scrupule où Dieu se manifeste,
Ton mal chemine, enduit d'un miel insinuant,
Et pour nous désarmer du bouclier céleste,
Tu te couvres de ruse ainsi qu'un filou preste
Dévalise un ivrogne endormi sur un banc.


# IV


Cherche une dupe ailleurs ! Que ta rage s'épuise
Sur les âmes de chair ! Moi ! tout ce que tu mets
D'animales ferveurs aux entrailles surprises,
Je les filtre à ma veine et je les utilise,
Ailé de force neuve, à gagner les sommets.

Tel un chêne, ornement sacré du territoire,
Fouillant de sa racine un sol avare et dur,
Sait extraire du Styx embourbé d'ombre noire,
Sa vertu prophétique et sa noueuse gloire
Et sa verte ambroisie en marche vers l'azur.


Pour me surprendre, en vain, ta malice dispose,
Aux lointains nus, ton fauve éclat d'apothéose ;
En vain, ton simulacre exalte mon désir,
Connaissant qu'il se tue aussitôt qu'il se pose,
C'est errant qu'en mon sein je le veux maintenir.


A l'ombre de mes dieux, comme une flûte agile
Plie à sa volonté le désordre des airs,
Je veux discipliner ton pathétique éclair,
Et que ton incendie, ôté de mon argile,
Brûle en se resserrant au foyer de mes vers.


Ainsi je te méprise ensemble et te redoute,
Toi qui, d'un tournoyant vertige d'horizons,
Exaspères la froide horreur de nos prisons ;
Comme Ulysse attaché, sans y mordre, j'écoute
Les mots dorés dont tu te fais des hameçons.

Mais, couvrant ton mensonge, une voix se lamente,
L'éternelle douleur sanglote dans le vent,
Et, tandis que je rentre, aux lampes vacillantes,
Pèse l'anxiété de la grêle imminente,
Et le ciel orageux fulgure brusquement.

# PLUIE D'AUTOMNE

Qu'est devenue, Été, ta gloire ensoleillée ?
Vois pourrir dans l'étang ton reste de feuillée,
Rien n'a gardé mémoire ici de tes reflets,
Et partout, c'est l'ennui d'une plaine rouillée
Où la pluie ample et drue a tendu ses filets.

La Terre dépouillée aujourd'hui des verdures
Où Messidor, hier, allumait ses tisons,
Le cuir ridé d'avoir gesté tant de moissons,
Avec tout ce que l'Homme y fit d'entailles dures,
Nue et vide, s'en va rejoindre l'horizon.

L'azur qu'exile au loin, océan de tristesse,
La pluie envahissante aux mobiles réseaux,
Ne sait plus que jadis y vibrait d'allégresse,
A chaque aube nouvelle, un cantique d'oiseaux,
Ni que sa fête, au soir, incendiait les eaux.

Ce long bruit de la pluie uniforme qui tinte,
Ce long bruit qui nous vient des lointains assoupis
Et se propage autour de nous, semble la plainte
Triste qu'exhalerait d'une voix presque éteinte,
La Terre à qui l'on a ravi tous ses épis,


La Terre dépouillée et qui se remémore,
Par ce gris crépuscule ondoyant et sonore,
De quelle ardeur cupide il lui meurtrit le sein,
De l'aube jusqu'au soir et du soir à l'aurore,
L'Homme qui tire d'elle et son or et son pain.


La Terre qui s'éplore à n'avoir rien pour elle,
Mère au cœur douloureux, de sept glaives planté,
De qui l'engeance humaine épuise la mamelle,
Et qui sait qu'à l'endroit de ses flancs, éternelle,
Jamais ne périra la douleur d'enfanter.


Ainsi, sous le ciel bas rongé de plaie humide,
Comme lasse à la fin de son terrible effort,
S'endolorit la Terre et son immense corps,
Nu, creusé de sillons profonds comme des rides,
S'en va rejoindre au loin le vaste horizon mort.

Et sa plainte gémit et s'enfle et s'exaspère
Tandis qu'impitoyable instrument du Destin,
De l'humus détrempé fouillant le noir mystère,
La Pluie, au blé que l'homme y sèmera demain,
La Pluie, obstinément, prépare le chemin.

1892.

# L'AVEUGLE


Assis sur une pierre au seuil de sa maison
L'Aïeul, abandonné des enfants pour la danse,
Avec sa barbe en fleuve et couleur de glaçon
Et ses deux yeux d'aveugle obstrués de poix dense,
Face immobile veille et médite en silence
Tandis que le soleil décline à l'horizon.


La rumeur de la grange et des fermes s'est tue
Mais dans l'air un écho joyeux sonne du bal
Qu'au loin mène sur l'herbe un orchestre rural,
Et l'Aïeul, dans son clos, ceint d'ombre verte et drue,
Semble sceller la paix du soir dominical
De son geste immobile et muet de statue.


Tel, il médite assis parmi l'exhalaison
De miel qu'ont les tilleuls ; tel, dans le soir, où fume
L'étang de la prairie en écharpes de brume,

Il rêve sous le toit léger des frondaisons,
Mais sans voir quelle fête à l'occident s'allume,
Ni quel reflet de joie en dore les pignons.

Rien ne l'émeut du ciel plein d'ailes vagabondes,
Ni du beau crépuscule illuminé de feux,
Ni du feuillage où l'or se joue en clartés blondes,
Car ses yeux, jadis rois de l'espace, ses yeux
Qui dévoraient d'un bond l'immensité des mondes,
Ont dit à la lumière un éternel adieu.

C'est l'heure énamourée où toute la nature
Sous le baiser du soir vibre et se transfigure,
Le bruit des violons traverse le verger,
L'aïeul veille sans voir, immobile et figé,
Fondre en apothéose et décroître à mesure
La lumière au versant des coteaux étagés.

La musique du bal voltige et, par bouffées,
Lui vient sans l'éveiller de sa lourde torpeur,
Peut-être qu'il épie aux cendres de son cœur
Si ne va pas renaître une flamme étouffée,
Par un exploit renouvelé du temps d'Orphée
Qui redressait les morts de son archet vainqueur.

Partout la vie éclate et la sève fermente,
L'Aïeul rêve immobile au seuil de sa maison,
Quelle obscure pensée en secret le tourmente ?
Sent-il dans la soirée aux longues pâmoisons,
Tout ce qui naît d'ivresse et d'extase fervente
Au monde, et ce qui s'en délivre de frissons ?

Il appuie à ses mains sa tête appesantie,
Lui, qui ne sait plus rien des choses de l'azur,
Lui, qui ne peut plus lire, en reflets sur le mur,
Le message sacré, l'hymne éclatant de vie,
Que du haut Empyrée éblouissant et pur,
Un dieu jette en passant à la terre éblouie.

Est-ce la douleur d'être abandonné des siens
Qui le ronge ou l'ennui pesant des heures vides ?
Trouble-fête, exilé des clos musiciens
Et des banquets où siège en roi l'effroi des rides,
Des rides relentant déjà le Styx fétide
Et le goût que l'humus donne aux os qu'il détient ?

Est-ce le noir regret qui le crispe, farouche,
De sa force virile et de ses yeux vivants,
De ses nuits de folie aux spasmes énervants,

Quand, parmi les parfums qui se levaient des souches,
Ivre, avec des baisers et des chants plein la bouche,
Il jetait sa jeunesse insouciante aux vents ?

Est-ce déjà la faulx de la Mort qu'il voit luire
Et son pas qu'il écoute approcher dans la nuit ?
Dans cette odeur voisine et tenace du buis,
Tandis que la musique au loin mène son bruit,
Est-ce déjà le goût du néant qu'il respire,
Ou si toute pensée a reflué de lui ?

S'il végète et n'a plus que la vie animale
Du bétail qui digère à l'étable repu,
Du bétail accroupi, d'une dent machinale
Broyant l'herbe, à l'abri d'un feuillage touffu,
Dans la prairie en proie à la flamme estivale,
Quand l'air vibre, à midi, d'un ronflement têtu ?

On ne sait, et tandis que sa morne effigie
Par degrés dans la nuit du feuillage amassé
Se rembrume et s'efface et que le jour baissé
De la gamme du rose épuise l'harmonie,
Le pauvre orchestre de village, non lassé,
Poursuit sa ritournelle avec monotonie.

1892.

# LES INTERNÉS (¹)

*Echappés pour la Mort des justes passions.*
ARTHUR RIMBAUD

## I

Ces collèges, flanqués de verroux et de grilles,
Font si vilain visage en plein jour qu'on dirait
Un écho survivant des anciennes bastilles,
Et que l'âme en éprouve un malaise secret.

Leur porte rechignée aux clous de forteresse
Où se lit — ironie ! — au fronton : LIBERTÉ,
S'ouvre deux fois par jour en appétit d'ogresse
Sur l'élite des galopins de la cité.

(1) C'est sur les bancs de l'école, à l'époque déjà lointaine, où je venais de prendre révélation de Rimbaud par des copies manuscrites de son œuvre encore inédite, communiquées par Bauville et Charles Cros, que je conçus l'idée de ce poème et de l'écrire à sa manière, par pure gageure et folle présomption de jeunesse. Une première version en parut, sous mon nom, dans *Lutèce* (1884) où je l'avais laissée dormir à cause de ses inexpériences de forme, et où je la retrouvai, ces temps derniers, en compulsant la collection de ce journal pour rafraîchir mes souvenirs sur la *Mêlée-Symboliste*. A la relire, je crus y démêler les éléments d'un pastiche que je m'étudiai à mener à bonne fin et que la *Muse française* consentit à insérer par jeu (mars 1923) comme un fragment authentique de l'œuvre dispersée du génial illuminé. Et puisque le souci de la vérité m'oblige à reprendre ce poème pour mon propre compte, j'en donne ici le texte définitif, expurgé d'un excès d'outrances accumulées pour concourir à l'illusion, tout en m'excusant de n'avoir pu les faire disparaître toutes.

Ceux-là, l'heure venue où le portier les lâche,
Revomis aux fraîcheurs des trottoirs attablés,
S'égaillent, d'un pied leste, allégés de la tâche,
Dans les jardins, de rire et d'orchestres mêlés.

D'aucuns, feutre en bataille, avec des singeries
De chic, la cigarette aux dents, monocle à l'œil,
Miment les Lovelace au fond des brasseries
Et s'y carrent d'un geste enluminé d'orgueil.

D'autres, vibrant d'éclats de fête et de théâtres,
S'arrêtent, dans le bruit des crieurs de journaux,
A chaque librairie où les piles jaunâtres
S'entassent du poème et des romans nouveaux.

Tous sûrs de retrouver, au soir, la chaude étreinte
Du foyer, les rideaux de bien-être assoupis,
La nappe appétissante et l'alcôve aux fleurs peintes,
Où mille songes bleus gazouillent mi-blottis.

Cependant que, parqués dans les salles d'étude
Où la lèpre des murs champignonne à foison,
Les Internés, fourbus d'atroces lassitudes,
S'écœurent sur Marulle, Aristote ou Nason.

## II

O douleur ! ils sont là, sous l'œil hargneux d'un cuistre,
Sale à faire grouiller la vermine alentour,
Crispés aux rougeoiements du pétrole sinistre,
Ces fronts qui n'étaient faits que pour luire au grand jour.

Ils sont là ! mastiquant un vieux levain de haine,
Plus aigris chaque année et s'effondrant plus las
Quand un zéphire ami leur apporte l'haleine
Des marronniers en fleurs et des premiers lilas.

Ils sont là ! redressés d'un bond de leur pupitre,
Et d'un besoin d'espace ébranlés jusqu'aux os,
Quant, au carré de ciel que découpe la vitre,
Passe en apothéose un sillage d'oiseaux.

O rage ! être enfermé quand l'herbe en pâquerettes
Éclate et que l'azur découvre son sein nu,
Et se sentir, à l'âge où l'aile aspire aux crêtes,
D'une règle de plomb à terre retenu.

O rage ! dépérir dans un relent fossile,
N'avoir qu'un tableau noir pour unique horizon,
Quand on entend en bas rire et chanter la ville
Et qu'en haut l'air se dore au faîte des maisons !

Quand des couples heureux s'attablent aux tonnelles,
Quand il est tant d'amants qui courent à travers
Les blés, et, fronts mêlés sous leur unique ombrelle,
Échangent des baisers, des serments et des vers !

C'est quand vos carillons d'allégresse, ô dimanches !
Clament la rue en fête où le groupe vermeil
Des jeunes filles passe en mousselines blanches,
Qu'un désir fou les prend d'air libre et de soleil !


# III


Celui-ci, frêle et blond, brisé de langueurs mièvres,
Comme il se traîne pâle au long des corridors !
On dirait que la fleur qui saigne sur ses lèvres
D'une charge trop lourde a fait ployer son corps.

Ses grands yeux bleus plaintifs accusent la tristesse
Orpheline d'un cœur d'enfant trop tôt sevré,
Et ses bras languissants retombent en détresse
Comme un lierre à qui manque un appui désiré.

Celui-là, front d'athlète et qu'un crin noir ombrage,
Comme il tourne et retourne, inquiet dans ses pas,
Puissamment comparable au jeune fauve en cage
Qui réclame une issue et ne la trouve pas !

Son geste importuné de l'ardeur qui l'agite
Et du précoce émoi qui couve dans son sang,
S'use à détruire en vain son désir et s'irrite
De le voir chaque fois renaître plus puissant.

Ah ! qui dira le mal secret qui les consume
Leur brûlante insomnie et ce qui passe en eux
De révolte inutile et de sèche amertume
Et d'où leur vient ce cerne étrange autour des yeux ?

Qui dira ce qui gronde en eux de sourds murmures,
Lorsque Juillet torride, aux étouffants velours,
Règne et que le silence orageux des ramures
Pèse en anxiété sur le pavé des cours ?

Et toi seule les vois au dortoir solitaire
Où s'alignent les lits, frères blancs des tombeaux,
Étouffer sous les draps qu'ils mordent de colère,
Taciturne Phœbé ! le cri de lêurs sanglots.


## IV


Souvent dans le préau désert aux recoins denses,
Épris de solitude ils s'exilent des jeux
Et s'étonnent, mêlant leurs jeunes confidences,
Du trouble embarrassé qui naît de leurs aveux.


## V


« O frère, n'as-tu pas quand se pâme la terre,
Sous la nue où l'étoile allume son reflet,
A l'amour essayé d'arracher son mystère
Et dans l'ombre écouté sa voix qui t'appelait ?

N'as-tu jamais senti quand tu te prends à lire
Les poètes fervents qui nous ouvrent les cieux,
Les simples noms d'Hélène et de Laure et d'Elvire
T'éblouir au passage et te brûler les yeux ?

N'as-tu jamais, au bois, quand reverdit la branche,
Dans un arbre enlacé cru sentir battre un cœur ?
Ni quand pour l'aspirer ta lèvre en feu s'y penche
Une bouche vers toi se tendre de la Fleur ?

N'as-tu pas, quelquefois, au seul parfum des roses
Défailli d'un émoi fugitif et, souvent,
Te relevant, la nuit, plein de larmes sans causes,
Aspiré les baisers qui passent dans le vent ? »

—« Touche ma main, dit l'autre, et vois comme elle tremble.
Ta voix mieux que la mienne interprète mon cœur.
Quel miracle est l'Amour si d'en causer ensemble
Suffit pour nous conduire à ce point de langueur ?

Ainsi, tandis qu'au loin palpite un bruit de rames,
Leur parole échangée immobiles les tient,
L'un aux regards d'azur, l'autre à l'œil noir de flammes,
Et de brusques sanglots déchirent l'entretien.

## VI

Captivité ! voilà ton œuvre et puisqu'encore
Ceux qui de la jeunesse ont le gouvernement,
S'obstinent par routine à verrouiller l'Aurore,
Ah ! du moins, à défaut de leur assentiment,

Que tout ce qui pullule en toi, Sainte nature,
De sève incompressible, en ces lieux exécrés,
Explose, et s'y ruant en vagues de verdure,
Les fasse avec un bruit terrible s'effondrer ;

Va ! sape à la lumière un chemin dans ces ombres
Afin qu'on voie, un jour, sous les cieux apaisés,
Jaillir une forêt forte de ces décombres
Ivre de saine joie et de féconds baisers !

1883-1923.

# ÉPIGRAMMES

## I

La peste soit de toi babillarde hirondelle !
S'il fallait au forfait peser le châtiment,
Je devrais te rogner l'une ensemble et l'autre aile,
Ou, comme fit Térée à ta sœur Philomèle,
T'arracher le gosier sans cesse en mouvement.
Dis ? quel démon te pousse à devancer l'aurore ;
Tu mènes, sans pitié des gens, ton bruit sonore.
Assez ! je te dévoue aux esprits scélérats,
Tu m'as tiré trop tôt de mon somme, ô pécore,
Je tenais le bonheur enfermé dans mes bras.


## II

Ruisseau, sonore émoi de la saulaie en fête,
Ton flot qui vers la mort se hâte éperdûment

N'est lié que du trait des choses qu'il reflète,
Et, comme la pensée intime du poète,
Ta couture se fait d'un long déchirement.


### III


Puissance du génie ! un cadre minuscule
Ne l'a pas empêché d'y faire entrer la mer ;
Il y tient prisonnier l'espace où le jour brûle.
L'œil plonge à l'infini dans le tranquille éther.

Béni sois-tu, Génie, aux mains pacifiantes,
Qui dores notre nuit d'un reflet de Beauté,
Et fais, resplendissant d'images souriantes,
L'aumône de la joie à notre âge attristé !

Béni, qui dans ma geôle a cloué ta lumière,
Peinture, où je réchauffe et ma veine et mes yeux,
Et qui jettes, rompant la terrestre barrière,
Mon âme délivrée à l'ivresse des cieux !

# ODES

# LE MERLE

Je vais écrire à ma table
Tout m'y porte : l'encrier,
Le feu, l'heure et l'irritable
Éclat vierge du papier.

Source, où l'Ame qui se penche
Voit flotter ses rêves bleus,
Qui ne sait — ô page blanche ! —
Ton attrait miraculeux ?

Nue, où l'ombre se balance
Du caprice en mouvement ;
Cadre où glisse la nuance
Fugitive du moment,

Où l'Idée auguste et sainte
Fait chatoyer ses émaux,
Exempte de la contrainte
Et du supplice des mots.

O fenêtre de lumière
Où passe et repasse encor,
Avant de choir, la Chimère
Caressée aux ailes d'or !

Plus je te regarde luire,
Plus, sensible à ton appel,
Ma main brûle d'y transcrire
Quelque chef-d'œuvre immortel.

Tandis qu'armé de ma plume,
J'attends, fébrile, au milieu
De mes livres, que s'allume
Ma poitrine au choc du dieu,

Moi, qui n'ai, pour paysage,
Que la nuit des toits mêlés,
J'entends soudain d'une cage
Voisine un merle siffler.

L'horizon sinistre ploie,
Mais ce chant gonflé d'azur,
Pétillant, ivre de joie,
Met du soleil sur le mur.

Il jette avec brusquerie
Au visage de verglas
De l'hiver, la griserie
Printanière du lilas.

Un parfum de violettes
Ressuscite en moi l'écho
Des carillonnantes fêtes
De Pâque et du renouveau.

C'est votre faste, ô verdures
C'est l'Aube et l'or des couchants,
Qu'il reflète et le murmure
De l'eau vive à travers champs.

Il mire la transparence
Et l'ample tranquillité
Des grands bois pleins de silence
Et du ciel illimité.

Toute ma foi revenue
S'exalte aux alléluias
Que jette aux vents, sous la nue,
Un sentier d'acacias.

Il rallume le fantôme
Éteint de mes jours heureux,
Je revois le puits, le chaume,
L'abeille, le chemin creux,

Le perron de vigne brune,
La prairie où vient le soir,
Le village au clair de lune
Et l'élan du clocher noir.

A ces images rustiques,
Il juxtapose un tableau
De féerie, où les portiques
Carillonnent de jets d'eau.

Mon enfance émerveillée
Retrouve songeuse, au bout
De l'allée ensoleillée,
Le palais rose debout.

Toute la gloire où j'aspire
Sous les ormes spacieux,
M'accueille avec le sourire
Des déesses aux grands yeux.

Oui, ce merle à ma croisée
Ouvre et dore à l'infini
Un parc mouillé de rosée
Aux terrasses de granit.

D'un trait solide, il étale,
Faisant brèche à mes cloisons,
Une suite triomphale
De cascade et d'horizons.

J'oublie à sa mélodie
Le livre ouvert devant moi,
Tant que la plume engourdie
Roule, inutile à mes doigts.

Plein de virile assurance,
Ce trille simple et perlé
Me démontre l'impuissance
Où je suis de l'égaler.

Il n'est rien, Muse incertaine,
Aux vers que nous essayons,
Qui fasse ainsi l'âme pleine
D'harmonie et de rayons.

Cet oiseau, sûr de ses charmes,
Me lance un défi moqueur,
Il faut lui rendre les armes
Et le proclamer vainqueur.

Reste vierge, ô blanche page !
Inhabile, près de lui,
Où prendrais-je le courage
De te noircir aujourd'hui ?

# SUR UN VASE DE MARBRE GREC

*Imité de Keats.*

Vase que le Génie a couvé de sa flamme,
Noble ami du silence et des longs soirs dorés,
Ce qu'exprime ton marbre aux reliefs inspirés,
Mieux qu'un vers éclatant, m'entre, en chantant, dans
J'épelle le secret feuillu de ta cloison.          [l'Ame.
Je doute si Tempé m'ouvre son horizon
Ou si le Ciel m'éclaire un vallon d'Arcadie.
Je ne sais si je vois des hommes ou des dieux
Ni quel rite, heurtant les couples furieux,
De flûte et de tambours emplit l'ombre assourdie.

Les accords les plus doux qui résonnent dans l'air
N'ont jamais la douceur de ceux qu'on imagine.
O berger ! sans frapper mes oreilles de chair,
Ton chant muet m'emplit d'une extase divine.

De ta lèvre, immobile ainsi que ces rameaux,
Tu ne peux détacher ta flûte de roseaux.
Jeune homme ! sur ton sein la vierge en vain chancelle,
Tu respires sa bouche et ne peux la cueillir
N'en gémis point : le Temps, au lieu de la flétrir,
Sacre votre jeunesse et la rend immortelle.

Platanes fortunés ! votre feuille à l'hiver
Résiste et des frimas ne sent pas la morsure ;
O fortuné chanteur, ta flûte dans l'éther
Tranquille est écoutée et sonne toujours pure ;
Mais, ô plus fortuné cent fois, toi dont l'amour
Garde la fraîche illusion du premier jour
Et demeure affranchi du poids de la matière,
Exempt des noirs retours, du morne accablement
Où l'étreinte nous jette inexorablement,
Tant le fond de la coupe est fait de lie amère !

Une procession s'avance lentement ;
Quel est ce prêtre qui conduit au sacrifice,
De guirlandes parée, une blanche genisse,
Dont il me semble ouïr le triste beuglement ?
Une petite ville aux bords d'un cours d'eau frêle,
Ou marine, ou dressée en roide citadelle,

S'est vidée un matin de son peuple en ces lieux,
Le peuple est demeuré prisonnier de l'argile,
Et nul ne revient dire à la petite ville
Pourquoi sa rue est morte et l'air silencieux.


Urne aux contours étreints d'harmonie et de grâce,
Chef-d'œuvre où de l'Attique on sent battre le cœur,
Tu confonds la pensée humaine et la dépasse
Comme l'immensité, du bond de ta splendeur.
Nous mourrons de vieillesse et la race suivante
Épuisera son fiel et toi, toujours vivante,
Tu diras consolant la triste humanité
De ta voix de lumière aux haleines de rose :
« LA BEAUTÉ SEULE EST VRAIE ! ADOREZ LA BEAUTÉ,
« ET FOU QUI S'EMBARRASSE ICI-BAS D'AUTRE CHOSE ! »

# ODE A JEAN MORÉAS

*Pour l'anniversaire de sa mort.*


Moréas ! pour fêter ce jour anniversaire,
Où tu pris place au ciel comme un astre lointain,
Je rends visite aux lieux où la Parque adversaire
    A filé ton Destin.


Tout y redit ton nom : l'octroi, la grille nue,
Les feuilles que la brise agite doucement,
L'église de Montrouge au bout de l'avenue,
    Et son clocher roman


Avril fléchit les cœurs d'une tiède caresse.
J'y respire, avec joie, au sortir de l'hiver,
Ce souffle parfumé, tout chargé de promesse,
    Qui circule en tes vers.

Comme Avril, ta venue a balayé les brumes,
Et d'un feu salutaire, exauçant nos désirs,
Sur le Pimple, fouetté d'orages et d'écumes,
   Rétabli les zéphirs.

Je me souviens. J'errais en proie au sombre doute.
J'étouffais dans la nuit d'un horizon fermé,
Et, soudain, je te vois resplendir sur la route
   Comme un phare allumé.

Je te vois comme Hercule aux flèches redoutées,
Purger l'air des poisons qui l'infestaient encor,
Et renouer, au front des Muses insultées,
   Leur diadème d'or.

Tu nous préchais, des sots démasquant l'impudence :
« Un simple doigt docile au nombre et bien appris,
Sur le génie inculte, hérissé d'ignorance,
   Emportera le prix.

Copiez-moi l'abeille, en ses larcins champêtres,
Rentrant lourde, au logis, d'un miel riche amassé,
Et sachez que ce n'est qu'en imitant les Maîtres,
   Qu'on les peut surpasser.

L'esprit s'aile du frein d'une contrainte heureuse.
Même un barbare a dit : « Qui se contient s'accroît »
Telle une gerbe d'eau jaillit plus vigoureuse
        D'un orifice étroit.

Soyez nus comme l'onde et comme la lumière,
Rejetez l'artifice et les faux ornements.
Il n'est rien d'imprévu. L'Art veut une matière
        A l'épreuve du Temps.

Et surtout, renonçant à bâtir sur le sable,
Fondez-vous aux leçons d'Athènes, ma cité,
Où les Sages savaient, sous les traits de la Fable,
        Cacher la Vérité. »

Ainsi, par la parole ensemble et par l'exemple,
Tu confessais Pallas, enflammé Pèlerin,
Et ton geste d'apôtre érigeait le vrai Temple
        Et semait le bon grain.

Aux bords de notre Seine où l'herbe reverdie
Était comme une invite à nos jeux inspirés,
Ton génie avait fait refleurir l'Arcadie
        Et ses fastes dorés.

Je m'assis à ton ombre et j'usais l'heure brève
A voir se peupler l'air de formes de clarté :
L'Olympe s'éveillait. Ce n'était pas un rêve,
        Mais la réalité.

J'ai vu Cyprine, un soir, comme je vois la haie
Que le train de ceinture émeut de son fracas ;
J'ai senti sa présence odorante, aussi vraie
        Que la vôtre, ô lilas !

J'ai vu Phœbus, dieu jeune, à l'ardente crinière.
Sous la voûte des bois, j'ai vu, même, un matin,
Diane nue aux mains des nymphes chambrières
        Qui l'essuyaient du bain.

J'ai vu Pan révéré dans son rustique empire,
Silène, débouchant d'un enclos maraîcher,
Que sa lourde bouteille élargissait d'un rire,
        Et faisait trébucher.

J'ai vu fuir la Naïade aux tresses dénouées
Et le Satyre espiègle, aux bonds de chèvre ardents,
Cueillir, au point du jour, les pommes embuées,
        Pour y planter ses dents.

Avec toi, Moréas, affranchi de la ville,
J'ai gravi des sentiers de rose et de jasmin.
J'étais là quand surgit la plaintive Ériphyle
            Au détour du chemin.

Et ce fut comme au jour où Pétrarque vit Laure,
Tant tu ne pouvais plus, de toi-même oublieux,
Ni détourner tes pas de cet éclat d'aurore,
            Ni détacher tes yeux.

Tu la dévisageais d'une instance si neuve,
Que jusqu'au fond de l'être on la vit tressaillir,
Tel Énée, ô Didon ! sous tes voiles de veuve,
            T'a forcée à rougir.

*<br>* *

Ta voix, refuge aimé de ces « époques nues »
M'enseignait le pouvoir redoutable des vers
Qui savent, mieux qu'Éros, ravir Diane aux nues,
            Eurydice aux enfers.

O voix miraculeuse ! où mon âme exilée
Retrouvait sa patrie et son enchantement,
C'est mon affliction que tu t'en sois allée
        Si précipitamment.

Mais du moins si la mort nous laisse instruits des choses
Et si l'âme en voyage à travers l'infini,
Garde encore, en dépit de ses métamorphoses,
        De nous quelque souci.

Réjouis-toi de voir se joindre à ta phalange
Aimée, aux confidents de tes émois mortels,
O Maître, un sang nouveau, dressé pour ta louange,
        Au pied de tes autels.

Signe que ton renom sur la terre où nous sommes
A jamais, sûr de croître, en route vers l'Azur,
Sonnera sur la lèvre et dans le cœur des hommes,
        D'âge en âge plus pur.

Pour moi, toujours actif à te marquer mon zèle,
Je n'ai rien retranché de la jalouse Foi
Qui, dès le premier jour où m'ont poussé des ailes,
        M'a rangé sous ta loi.

J'ai composé ces vers tout remplis de ta gloire,
Assis sous ta fenêtre, à l'ombre des talus,
Ami cher ! et je les dédie à ta mémoire
      Tels qu'ils me sont venus.

Priant que le sonore éther, source de vie,
L'air mobile, les vents, messagers musicaux,
Et l'aile de l'Amour à qui je les confie,
      T'en portent les échos.

Avril 1921.

# ODE A RONSARD

POUR FÊTER LE QUATRE CENTIÈME ANNIVERSAIRE<br>
DE SA NAISSANCE

## I

Oïs, Phoïbos, dieu de lumière,
Ma prière,
Fais que je puisse avec art
Forger d'un or sans mélange
La louange
Du Maître-ouvrier RONSARD.

Soit que d'aventure il erre,
Solitaire
Et pensif, au fond des bois,
Épiant ce que Nature
Lui murmure
De sa plus secrète voix ;

Soit qu'il célèbre en vers tendre
Sa Cassandre,
Marie à la joue en fleur,
Ou que d'une voix dolente,
Il lamente
Chaste Hélène, ta rigueur ;

Soit qu'à l'ombre de la treille
Il éveille
A l'escrime du couplet,
Belleau, Baïf, son fidèle,
Et Jodelle
Et son plus cher du Bellay ;

Ou que, d'un poumon farouche,
Il embouche
Comme à Roncevaux, le cor,
Et taille, à grands coups d'épée,
L'épopée
De Francus, issu d'Hector ;

Ou que, jailli de son aire
Téméraire,
D'un trait d'aigle inpétueux,

Il aille, bravant la foudre,
Noir de poudre,
Ravir l'Ode au fond des cieux.

Toujours, d'un grave ou doux style,
Il distille
L'ambroisie, et ses accents,
Comme une haleine pâmée
D'Idumée,
Saoûlent l'âme avec les sens.

Toujours, sa bouche confesse
La Sagesse.
Sans rien de vil aduler,
Puisqu'aux rois même il découvre,
En plein Louvre,
Un sévère et franc parler,

Leur montrant quels périls crée
L'Empyrée
Et que si haut que leurs droits
Délivrent sentence au monde,
Plus haut gronde
Le Ciel, tribunal des rois.

Il sait d'une rose en cendre
Faire entendre,
Qu'ici-bas l'essentiel
Consiste à cueillir d'emblée
L'heure ailée,
Pour en épuiser le miel.


Surtout, fidèle au vrai rite,
Il agite
A sa garde, un éclair prompt,
Et de la racaille intruse
Chez toi, Muse !
Pulvérise l'escadron.


## II


Je te salue et révère
O bon père,
Qui (miracle sans égal
De l'un jusqu'à l'autre pôle)
Fis, en Gaule,
Bouillonner l'Onde au cheval.

O toi, qui de la dépouille
            De la Pouille
Et de Thèbes, as construit,
Pour notre âge, de main-fée,
            Un trophée
Dont l'Univers s'éblouit.

Qui menant Pégase boire
            Dans la Loire,
Et pliant tout sous tes lois,
Sûs te rendre sur la terre
            Tributaire
Jusqu'au sceptre des Valois.

Toi, qui repeuplas la cime
            Du sublime
Olympe, un temps dévasté ;
Et des dieux d'apothéoses,
            Ceints de roses,
Rouvris l'immortalité.

## III

Longtemps une engeance impie,
            (Qu'elle expie

Son crime au noir Achéron)
Sur **ta** gloire a voulu mordre
Et détordre
La palme inscrite à ton front.


Mais ton bruit prit violence
De l'offense
Comme un filet d'eau courant,
Grossi de l'effort contraire,
S'en libère,
Du coup devenu torrent.


Ton culte ainsi se répare
En fanfare,
Et l'on voit aux purs sommets,
Le Signe heureux enfin luire
De ta lyre
Acclamée à tout jamais.


## IV


Qu'un rustre ignard s'éblouisse
D'artifice
Puéril et de clinquant

Qu'à ta Substance il préfère
La Chimère,
Image de son néant !


Moi, t'avouant pour ancêtre,
Je veux être
Celui qui, sans défaillir,
Debout, sous ton péristyle,
Nourris d'huile
La lampe du souvenir.


Je veux être ta cymbale
Triomphale
Et jusqu'à mon dernier jour,
T'offrant l'encens d'une nue
Continue,
Faire à ton ombre séjour.


V


Depuis qu'au sombre royaume
Son fantôme
Plaint le soleil aboli,

Quatre siècles n'ont pu faire,
        Sur sa pierre,
Déferler la vague : Oubli.

Et puisqu'échoit, retournée,
        La journée
Où Vendôme (signe heureux)
A vu naître au pied d'un hêtre,
        Ce dieu, maître
Des pasteurs harmonieux,

Vous, dont il reste le guide
        Et l'égide,
Jeunes disciples romans,
Entonnez à son adresse
        D'allégresse
Un sonore Io Pœan !

Io Pœan ! sur la frêle
        Chanterelle
Et sur les cuivres vainqueurs,
Io Pœan ! boute-flammes,
        Dans les âmes
Io Pœan ! dans les cœurs !

Qu'un auguste et saint délire
Vous inspire
Et, joints du même étendard,
Criez tous à perdre haleine :
« Gloire pleine
Au maître-ouvrier RONSARD ! »

# TABLE DES MATIÈRES

## ÉPIGRAMMES



## ODES



ABBEVILLE (FRANCE). — IMPRIMERIE F. PAILLART. — 1-24.

www.ingramcontent.com/pod-product-compliance
Lightning Source LLC
LaVergne TN
LVHW050632060726
842527LV00004B/1275